THE VOTE

④

Manga: **Edogawa Edogawa**
Konzept: **Ryuya Kasai**

Aus dem Japanischen
von Martin Gericke

INHALT

Was?!

Wäre es möglich, die Person, die als Opfer...

... ausgewählt wird, zu töten?

HIBLA

HIBLA

Hä?

Was meinst du?

Kapitel 27

...

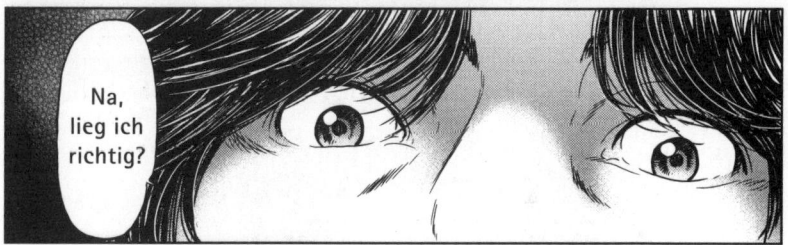

Na,
lieg ich
richtig?

...

Ey...
meint
er das
ernst?

Ja, hab ich.

Wieso fragst du?

Hast du einen Beweis dafür?

n dem Täter?«

... ausgewählt wurde, hat er noch immer keinen sozialen Tod erfahren.

huta Tamamori 21 Stimmen

Obwohl Shuta im Spiel »Auf der Suche nach dem Täter«...

Da hat er wohl recht...

... leider, leider wurde er abgestochen. Hach, zu schade! Der Arme wird wohl bald sterben. Na, egal.

Ich wollte unserem Shuta zu gern einen sozialen Tod bescheren, aber...

... dass er der Täter sein muss?

Ist das nicht Beweis genug...

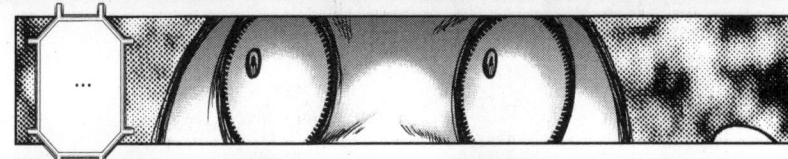

...

Shuta, heute Abend werden wir alle für dich voten.

Dann werden wir ja sehen, wie du darauf reagierst.

Stimmt... der Einzige, der gewählt wurde und keinen sozialen Tod erfahren hat, ist Shuta.

Immerhin hat der Kerl uns die ganze Scheiße eingebrockt.

BLA BLA

Sind wir nicht zu gnädig mit ihm?

Shuta ist also der Täter... hmm...

Stirb!

Wir machen dich fertig!

Das ist alles seine Schuld!

Genau!

ZACK

KLATSCH

KLATSCH

KLATSCH

Stiiirb!

Stiiirb!

Stiiirb!

Stiiirb!

Stiiirb!

Stiiirb!

RATTER

Mir soll's egal sein. Sollen sie doch alle verrecken.

KRATZ
KRATZ

Die Situation gerät immer weiter außer Kontrolle.

Was ist hier los?

Jetzt wartet doch...

Was ?!

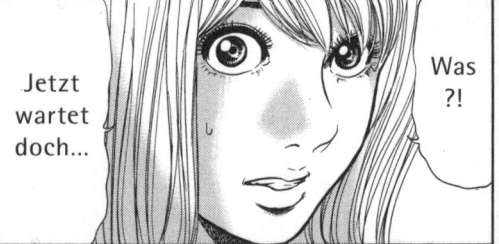

Heute Abend kehren wir zu den alten Regeln zurück und wählen ein Opfer.

Shuta ist der Täter.

Wir sind uns alle einig.

Wir haben beschlossen, dass wir alle für Shuta stimmen.

Das ist unmöglich!

Shuta war die ganze Zeit im Krankenhaus!

Knick, knack.

Er kann unmöglich der Täter sein!

Ich weiß das, weil ich ständig da bin!

Also gut.

TUSCHEL
TUSCHEL
TUSCHEL
TUSCHEL

Jun Kaneda, ich akzeptiere...

... deinen Vorschlag.

... aber meinetwegen sollt ihr eure Genugtuung bekommen.

Ich habe euch zwar schon gesagt, dass Shuta es nicht ist...

!

O Gott!

PLUMP

KYAAAH

KLONK

Wessen Schuld ist das denn hier, hä?!

Lass Gott aus dem Spiel!

Ihr steckt doch unter einer Decke?

Hau bloß ab, du dumme Schlampe!

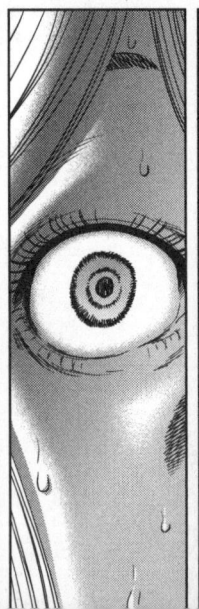

Verschwinde lieber!

STÜRM

So langsam fängt die Sache an Spaß zu machen...

Shuta ist in Gefahr...

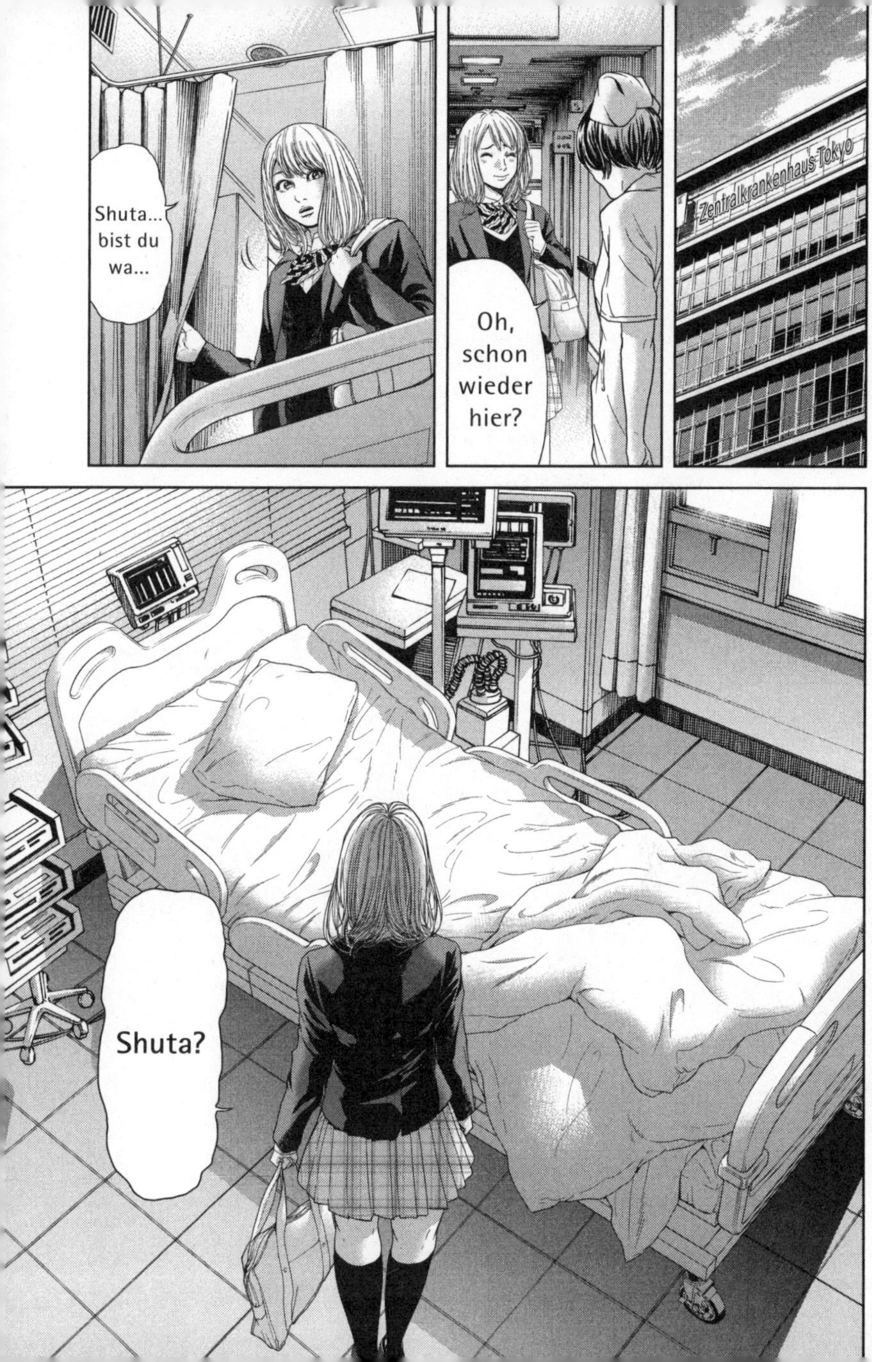

Shuta... bist du wa...

Oh, schon wieder hier?

Zentralkrankenhaus Tokyo

Shuta?

Kapitel 28

KLINGELING

Shuta Tamamori
Handy

!

BORING
Let's enjoy

Wie? Morgen?

Hör mal...

Ah... Shuta?!

Ja, okay, aber...

BORING

Oh Mann ...

Hm? Was war das denn?

BORING
Let's enjoy

Shuta Tamamori
Handy

Alles weitere erklär ich dir morgen.

Bis dann.

Klassen-MINE (16)

23:25

Shuta ist unschuldig. Er lag die ganze Zeit über bewusstlos im Krankenhaus. Er kann nicht der Täter sein. Denkt doch mal darüber nach, bitte euch. Ihr wisst es doch auch!

読 15
3:25

Egal. Ich muss zuerst...

... alle davon überzeugen, dass Shuta unschuldig ist.

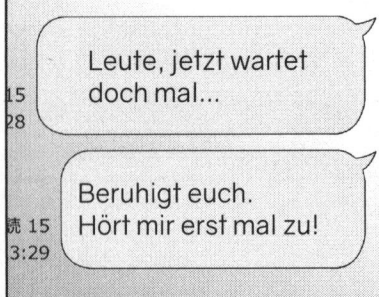

15
28

Leute, jetzt wartet doch mal...

読 15
3:29

Beruhigt euch. Hört mir erst mal zu!

Jun Kaneda
LOL.   23:25

Norika Uda
Wieso verteidigst du ihn?   23:

Masaharu Saeki
Du machst dich voll verdächtig.   23:

Watanabe
Stirb! Stirb! Stirb!   23:27

Seid ihr alle verrückt geworden?

Watanabe
Verreck! Miststück!   23:29

Yamaoka
Es kann nur Shuta sein.   23:29

Miki Nishino
Du bist mitschuldig, wenn du ihn verteidigst.   23:30

Jun Kaneda
Verpiss dich einfach. LOL!   23:30

Wir haben beschlossen...

... dass wir alle für Shuta stimmen.

Du hast ihn gehört.

Verpiss dich!

Mich trifft keine Schuld ...

Sorry, dass ich dich so früh herbestellt habe.

Guten Morgen.

Verstehe.

Aah...

Was guckst du denn so?

Aber die anderen denken alle so.

Ich soll also der Täter sein? Tzz... Wenn dem so wäre, würde ich es besser machen.

Keine Sorge, ich hab mir schon was überlegt.

Wie ...

Hier, guck.

Genau!

Wovon du gestern am Telefon gesprochen hast?

Was ist das?

STAPF

STAPF

Guten Morgen!

Ja, war eine spontane Idee.

Ihr seid alle hergekommen?

Wow.

Shuta!

Hier, das ist für dich. Da sind alle unsere Glückwünsche drauf!

Wir haben uns solche Sorgen um dich gemacht.

Oh, wie lieb von euch.

Ver...?

NeVER

Re...
ck...

...e...?

Shuta Tamamori
Werd schnell
wieder gesund!

Versuch
mal, die gro-
ßen farbigen
Buchstaben
herauszufil-
tern und
zu lesen.

Verre-
cke?

VER R E CK E

Wir
sollten in
die Offensive
gehen, was
denkst du?!

...

Das
ist echt
gruselig.

Die sind
doch alle
verrückt
gewor-
den.

Ob das wirklich passieren wird?

Jetzt wird Shuta sterben!

Der Täter ist auch nur ein Mensch.

Er hat lediglich die Macht des Internets benutzt, um seine Opfer zu bestrafen.

Das erste Opfer, das ausgewählt wurde, kam tatsächlich ums Leben.

Aber das war nur ein Zufall.

All die anderen Opfer sind bisher noch am leben.

PLING

1, Daisuke Asakura	10, Nami Okada	22, Tomomi Tanaka	33, Toshiaki Yamaoka
2, Minato Imabari	15, Masaharu Saeki	24, Miki Nishino	35, Hiroki Watanabe
6, Norika Uda	16, Moe Koshino	28, Azuki Maeda	36, Kaoru Yokomizo
7, Jun Kaneda	18, Hikari Sasaki	29, Masaya Hattori	
8, Mariko Endo	21, Shuta Tamamori	30, Shiori Mino	

Abebe

Abebe

THE VOTE

The Vote

The Vot
deinsta

YES

Okay, testen wir es.

1, Daisuke Asakura

2, Minato Imabari

6, Norika Uda

... ist weg!

Die App...

18, Hikari Sasaki

21, Shuta Tamam

Wenn ich die App auch deinstalliere...

2, Minato Imabari

6, Norika Uda

7, Jun Kaneda

8, Mariko Endo

15, Masaharu Saeki

16, Moe Koshino

18, Hikari Sasaki

21, Shuta Tamamori

24, Miki Nishino

28, Azuki Maeda

29, Masaya Hattori

30, Shiori Mino

35, Hiroki Wa

36, Kaoru Yo

... ist die zweite Person raus.

Das könnte wirklich funktionieren.

Zumindest dachte ich das...

Wer ist der Nächste?

Das gibt's doch nicht.

1, Daisuke Asakura | 10, Nami Okada | 22, Tomomi Tanaka

2, Minato Imabari | 13, Masaharu Saeki | 24, Mari Nishino

6, Norika Uda | 16, Moe Koshino | 28, Azuki Maeda

7, Jun Kuneda | 18, Hikari Sasaki | 29, Masaya Hattori

8, Mariko Endo | 21, Shuta Tamamori | 30, Shiori Mino

Alle außer uns haben sich geweigert, die App zu deinstallieren.

Was?! Wieso ...

Kapitel 29

Wieso haben die anderen die App nicht deinstalliert?

Aber wieso hat sich niemand widersetzt... Das gibt's doch nicht!

Jun ist der Anführer. Er hat sie wahrscheinlich davon abgehalten.

SWSCH

...

Er soll endlich aufhören, uns zum Narren zu halten.

Das ist vollkommen unmöglich, oder?!

Wenn das so ist, haben wir beste Chancen, ihn zu schnappen.

Wie? Meinst du, der Täter kommt hierher und wird mich töten?

Bist du dir wirklich sicher?

Also kein Grund, sich Sorgen zu machen.

Bisher war es immer so, dass die Abstimmung...

... innerhalb von 24 Stunden endete.

Ich habe die Adminrechte für alle Kameras der Klinik.

Deshalb werde ich ab jetzt für 24 Stunden...

... bis morgen Mittag um zwölf das System auf höchste Alarmbereitschaft stellen!

Und es gibt auch nur einen einzigen Ein- und Ausgang.

Wir sind hier im siebten Stock, es wird also schwer werden, durchs Fenster einzusteigen.

Dann benutze ich dieses Obstmesser hier, um mich zu verteidigen.

Und was, wenn der Täter dich angreift?

Na ihr beiden? Ihr habt Spaß, was?

Du musst gut auf dich aufpassen. Versteck es hier drin.

KRUSCH

KRUSCH

Wie?

Nein, bitte. Lassen Sie nur.

Ich brauche keine Infusion mehr. Und die Medikamente möchte ich auch nicht mehr nehmen.

Ich wechsle nur kurz die Infusion.

Es gibt da etwas, das mir Sorgen macht. Deshalb würde ich gern für die nächsten 24 Stunden auf die Infusion und die Tabletten verzichten.

Für eine schnelle Genesung ist beides unabdingbar.

Ich werde das mal mit deiner Mutter besprechen.

Du machst mir Sachen, Junge ...

Aufgrund der Vorkommnisse haben wir die Sicherheitsvorkehrungen für dieses Zimmer erhöht. Also sei ganz unbesorgt.

...

Ja.

Dann sehen wir uns morgen.

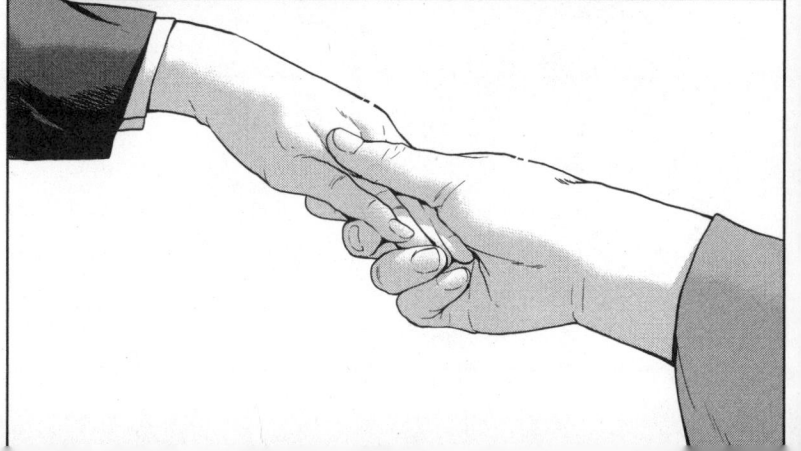

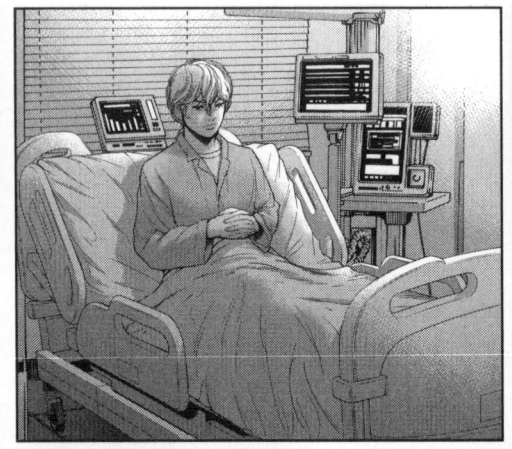

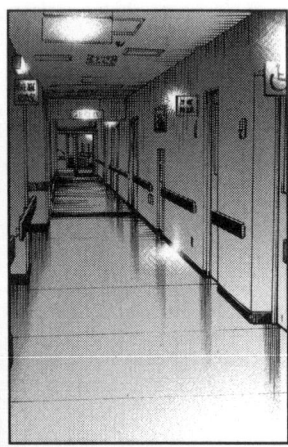

Alles in Ordnung?

!

HUSCH

Ich bin so müde ...

... Ja.

Ruh dich noch ein wenig aus.

Wir haben's geschafft!

Haha, sorry!

46

Fünf Tage später.

Bleib ein Weilchen daheim und ruh dich aus.

Es kann passieren, dass dir ab und an noch etwas schwindelig sein wird. Also pass ein bisschen auf, ja?

Kaum zu glauben, wie schnell du dich erholt hast.

Aber du bist noch immer nicht wieder ganz bei Kräften. Schone dich bitte auch weiterhin.

Also, bis später.

Ich gehe dann schon mal nach Hause.

Bitte bleiben Sie hinter der gelben Linie.

Richtig tolles Wetter heute, oder? Nicht zu heiß und nicht zu kalt.

Hä? Du redest schon wie 'ne alte Oma.

Klingt vielleicht komisch, wenn ich das sage, aber...

Minato.

Würdest
du...

W...
Würdest du
mit mir mal
ausgehen?

Ja!

J...

Wow,
das
freut
mich!

Ja?

...

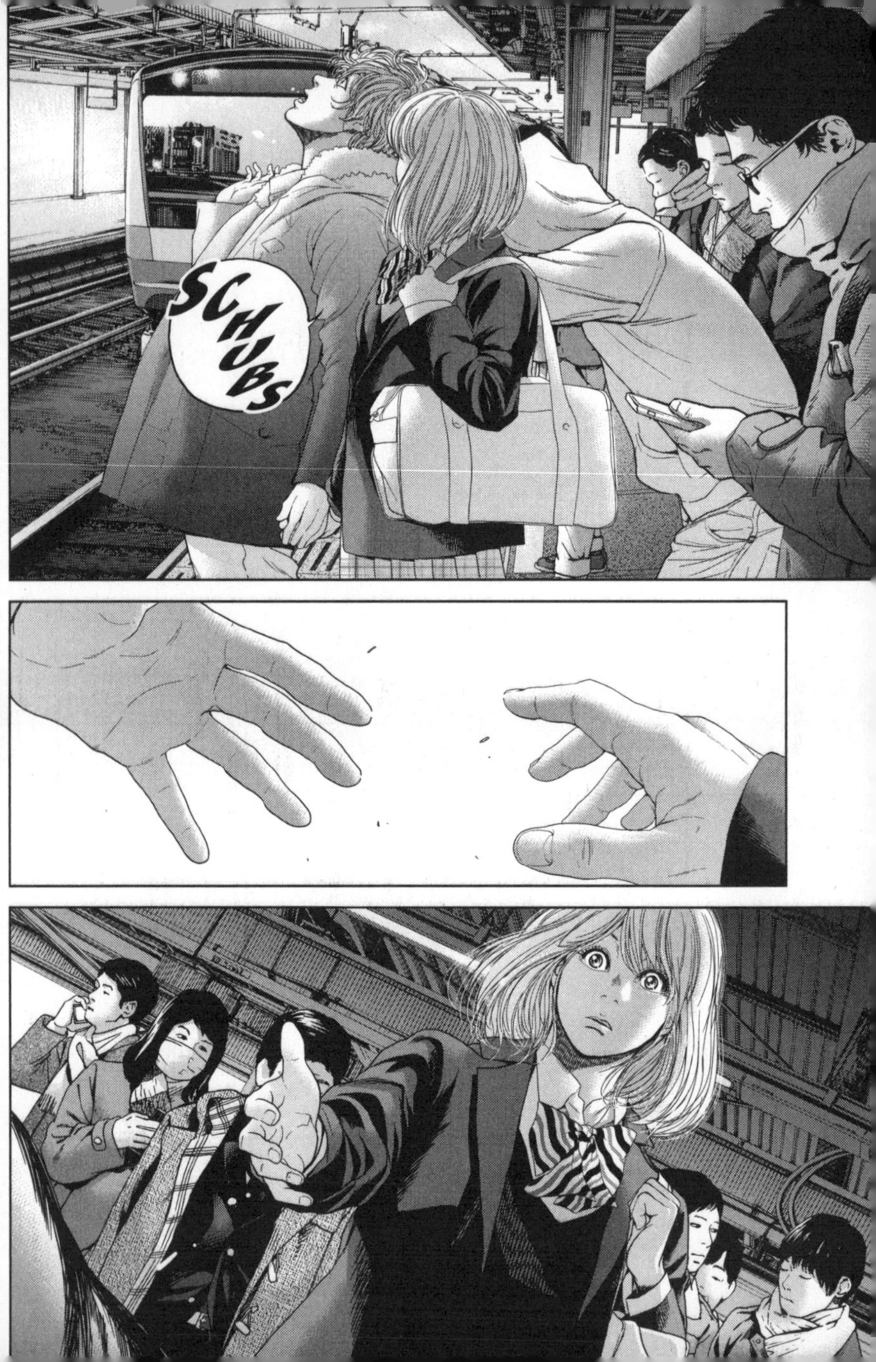

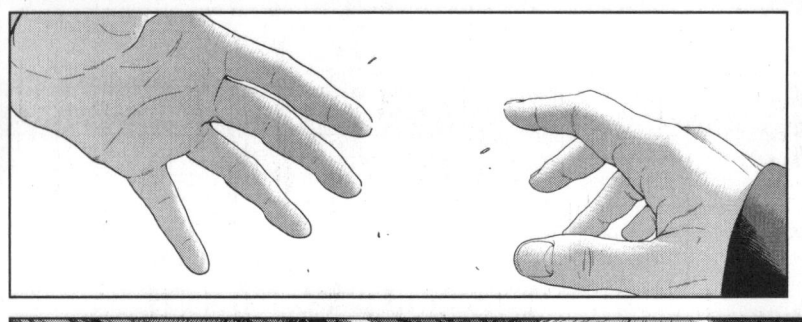

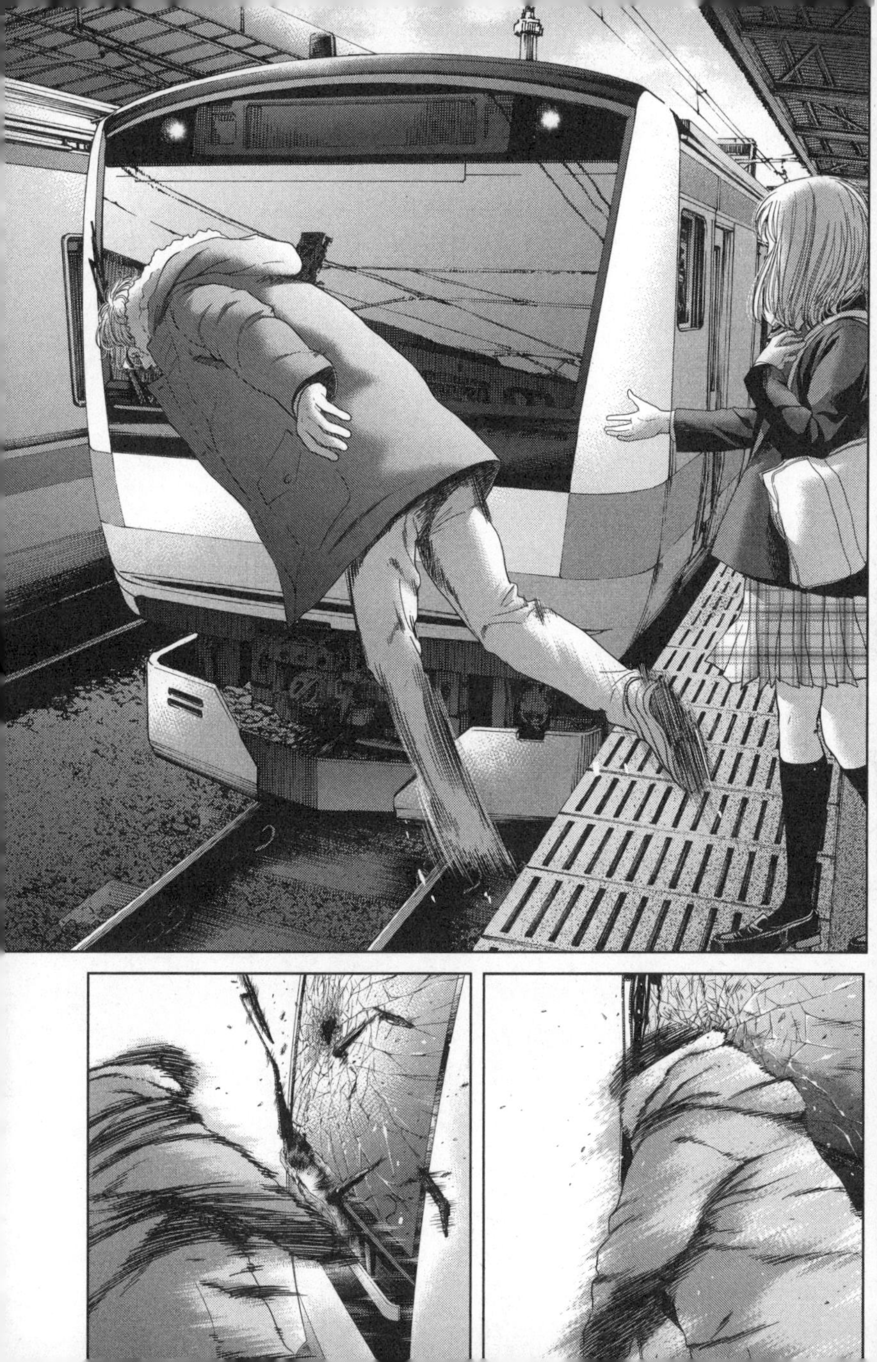

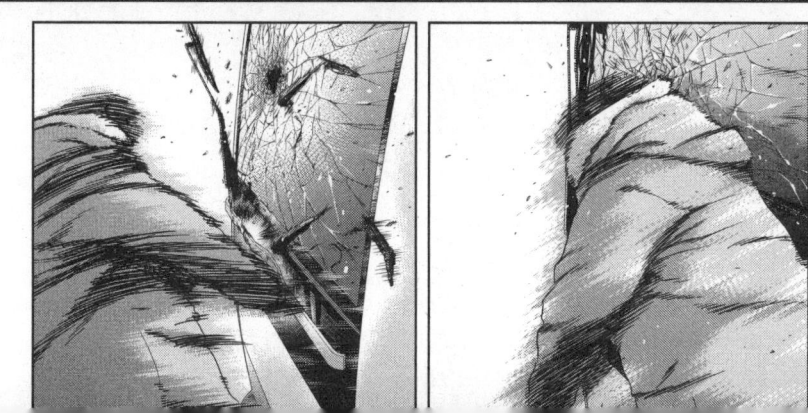

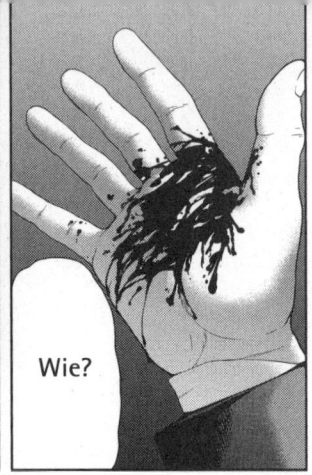

Kapitel 30

Uwäärgh...

Alles okay?

Minato?!

Hah...

Haah...

Ich habe mein Handy kaputtgemacht.

Sein Lächeln.

Sein Haar.

Seine Finger.

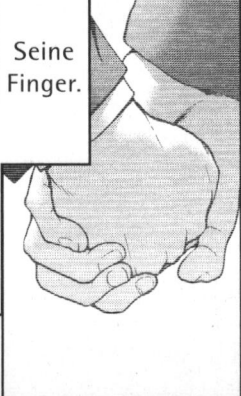

Was ist mit dem Videomaterial?

Haben wir.

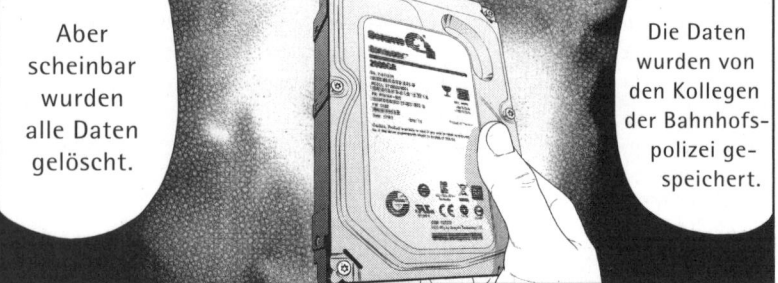

Die Daten wurden von den Kollegen der Bahnhofspolizei gespeichert.

Aber scheinbar wurden alle Daten gelöscht.

BLIP

Ich habe versucht, die Daten wiederherzustellen.

Junge, schlanke Person irgendwo zwischen 15 und 30 Jahren.

Laut den Zeugen trug er oder sie einen Kapuzenpulli.

Diese Person hier.

Aber ist das nicht eher eine Frau?!

Wirkt eher so, als würde jemand versuchen, sich als Mann auszugeben, oder?

Warte. Sieh dir mal den Gang und die Schultern an.

Am Tag, als er aus dem Krankenhaus entlassen wurde.

18:0

Masaya Hattori

Minato stand angeblich direkt neben ihm.

18

Shiori Mino

Echt? 18:06

Daisuke Asakura

Er war direkt tot. War's Selbstmord? Mord?

18:07

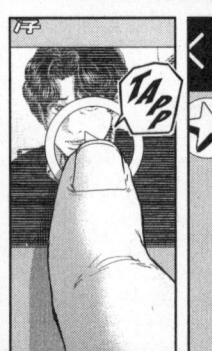

Klassen-MINE

Jun Kaneda

... macht euch keine Gedanken.

Tah! Da ist er wieder, Jun, das Schlitzohr...

Ich weiß, dass ihr euch alle Sorgen macht, aber...

Yo, könnt ihr mich hören?

0/2:08

Lasst uns ein Gebet für ihn sprechen.

Klar, früher war er einer von uns, aber das ist jetzt vorbei.

Shuta konnte es nicht länger ertragen, dass wir ihm auf die Schliche gekommen sind und hat Selbstmord begangen.

Es ist vorbei. Es gibt jetzt niemanden mehr hinter »The Vote«.

Hah...

Jun Kaneda
Beten! 15:29

Mariko Endo
Ein Gebet für ihn. 15:29

Masaharu Saeki
Beten! 15:30

Kaoru Yokomizo
Beten wir... 15:31

Daisuke Asakura

Was für ein Bullshit!

Ihr glaubt auch alles, solange ihr euch dadurch sicher fühlen könnt, was?

Ob »The Vote« tatsächlich vorbei ist?   18:39

Natsuki Maeda
Wirklich?!   18:39

Tomomi Tanaka
Das haben wir alles Jun zu verdanken!

Daisuke Asakura   18:4
Jun! Jun!

Masaya Hattori   Glückwunsch
Hurra!

RUCK

Und wenn dem so ist, dann...

Aber »The Vote« ist ganz bestimmt noch nicht vorbei.

Ich weiß, dass da noch mehr dahinterstecken muss...

DINGDOOONG

DINGDOOONG

DINGDOOONG

Hiroki?!

DINGDOOONG

DINGDOOONG

Worüber willst du reden?

Stadtpark Tokyo

... denken alle, »The Vote« wäre vorbei.

Seit die Sache mit Shuta passiert ist...

Man kann die App einfach nicht deinstallieren.

Hier, sieh dir das mal an.

66

Für mich ein klares Zeichen dafür, dass der ganze Mist noch lange nicht vorbei ist.

Es geht zwar das Gerücht um, dass Shuta Selbstmord begangen haben soll, aber...

Du standest doch direkt neben ihm, oder?

Ist dir irgendwas aufgefallen? Irgendeine Person oder so was?

Ich weiß es nicht...

Ich weiß es nicht...

Ist es nicht eher so, dass Shuta umgebracht wurde?

Hah
...

Du bist die Einzige, die dabei war!

Warte!

Es spielt keine Rolle mehr...

Es...

Du...
Ich...

Wir alle... Es wäre besser, wenn wir alle tot wären!

Hey...
jetzt be-
ruhig dich
doch erst
mal...

Lass uns
woanders
hin, okay?

Hotel Lorraine

Geöffnet   Ausgebucht

Ruheraum   Info
         5000–7000 Yen
Übernachtung 8800–12000 Yen

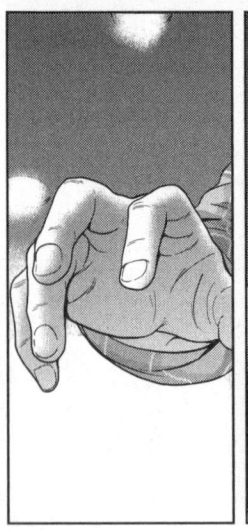

Hier kannst du dich ungestört ausruhen.

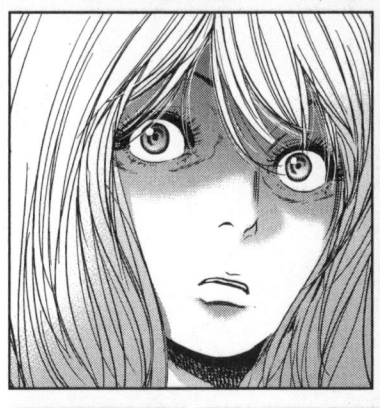

GRAB

SCH

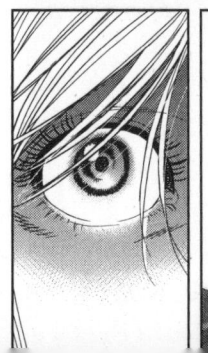

Du musst wissen, ich bin der Einzige, der noch auf deiner Seite steht.

Ich muss es ausnutzen. Ich werde »The Vote« für meine ganz persönlichen Zwecke missbrauchen.

Es wird Zeit, die Klassenhierarchie auf den Kopf zu stellen. Kehren wir die Rollen um. Der Pöbel wittert seine Chance.

SCHNÜFFEL

SCHNÜFFEL

Kapitel 31

Mir ist alles egal.

... weder mein Herz noch meinen Körper.

Ich spüre...

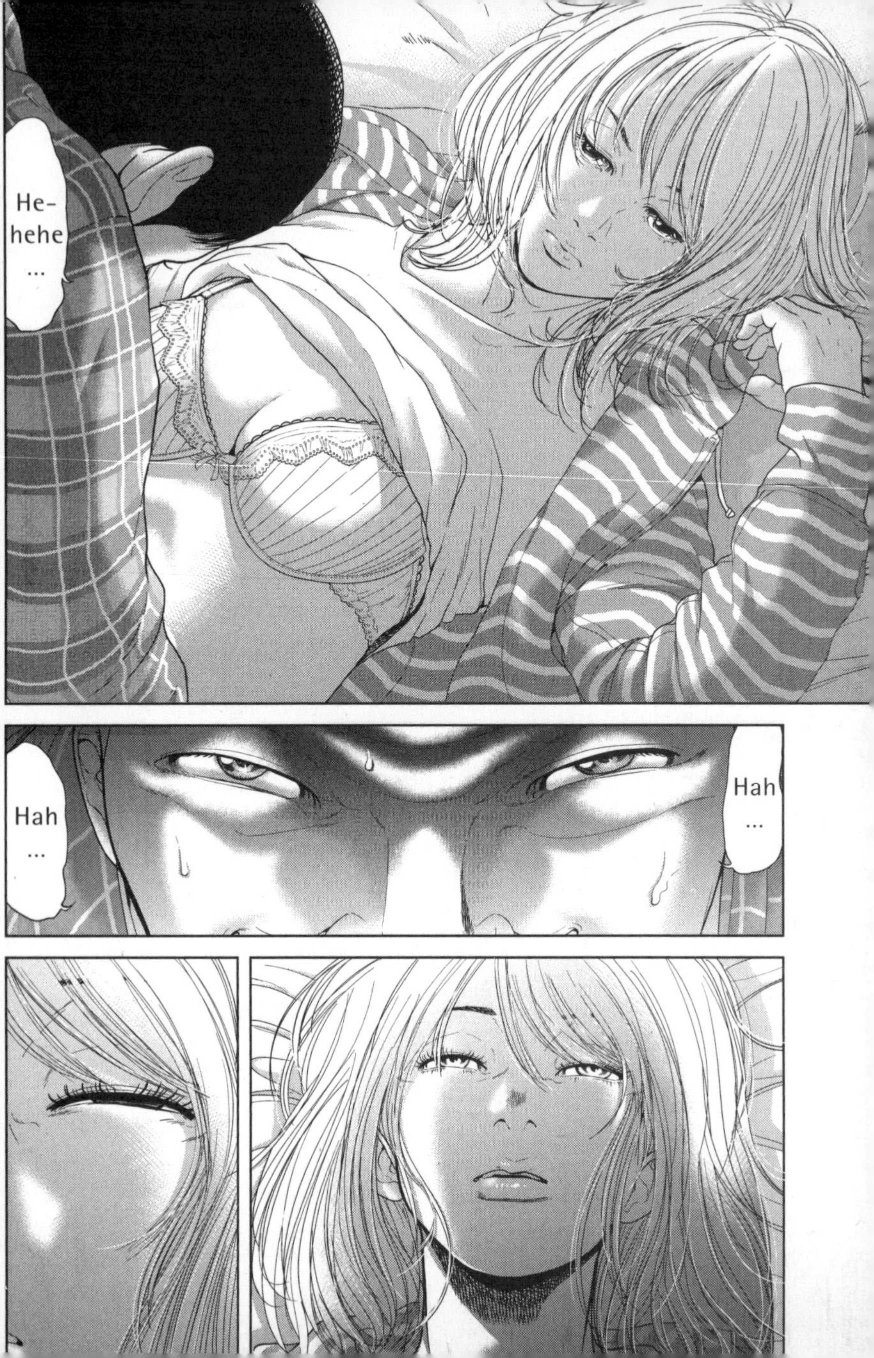

He-
hehe
...

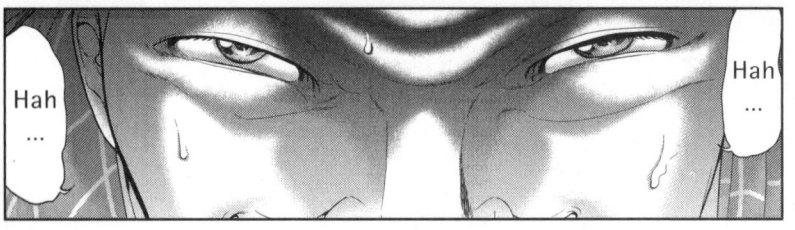

Hah
...

Hah
...

Hm?

Ah...

In meinem leeren Herzen ...

... exis-
tiert nur
noch eine
einzige
Erinne-
rung...

Na?

Auaa!

DMPF

Ich
muss es
tun...

RUMMS

Hä?

Ich werde ...

... den Täter umbringen.

Das ist der einzige Weg.

Nur dann endet alles.

Ich werde ihn aufspüren ...

... und ihn eigenhändig töten. Ja.

... aber das ist alles...

... was mein Herz jetzt will.

Shuta würde das nicht gut fin- den...

Ich werde es tun.

Wir sind gerade auf dem Weg zu dir.

Hallo.

Schon mal gesehen?

FLAPP

... konnten wir einen Verdächtigen ausmachen.

Anhand der Kameras, die den Tathergang zeigen...

Hallo.

Ah...

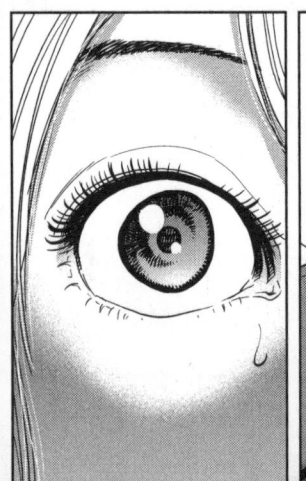

Ich bin jedoch der Meinung, dass es sich hierbei um eine Frau handelt, die sich als Mann verkleidet hat.

Etliche Augenzeugen sind sich sicher, dass es sich um eine männliche Person handelte...

... dieses Foto ausleihen?

Dürfte ich mir...

Eine Frau?

Irgendwie erinnert mich diese Silhouette an jemanden...

Mach ich...

Sollte dir etwas einfallen, zögere nicht, dich bei uns zu melden.

KRNNNN

KRNNNN

Diese blonden Haare... das muss eine Perücke sein.

Das Gesicht kann man unter der Maske leider kaum erkennen.

Es muss einen Hinweis geben.

Proportionen und Körperhaltung lassen sich nur schwer verbergen.

ファクス

ネットワーク

Es kommt mir so vor...

... als hätte ich diese Person schon mal gesehen.

Aufgrund der Polizei wissen wir jetzt immerhin, dass Frau Nikaido keinen Bruder hatte...

Aber vielleicht gibt es noch eine andere Spur, die uns weiterhelfen könnte...

Wenn ich auf diesen Fotos einen Berührungspunkt zwischen dem Täter und Frau Nikaido entdecken könnte...

Gibt es denn keine Möglichkeit, Fotos von Frau Nikaido anzusehen?

Also schön!

...

Guten Tag. Ich möchte mich noch mal bedanken!

Na, so was!

Wenn Arisa nach Hause kommt, können wir gemeinsam essen.

Du musst wissen, mein Mann liebt Hähnchen-Curry.

Aber gerne doch.

Ich kann mir vorstellen, dass sie damals bestimmt ein süßes Mädchen gewesen sein muss, oder?

Ah, ja. Sagen Sie, dürfte ich mir eventuell ein Fotoalbum von Frau Nikaido ansehen, als sie noch ein Kind war?

Wie süß!

Auf diesen Fotos war sie noch ein Baby.

Hier waren wir mit allen Verwandten beisammen...

Hier. Da sind sie alle drin.

... dem Täter auf die Spur kommen?

Wie soll ich denn bei so vielen Fotos...

Hm? Dieses Kind hier?

Er scheint immer mit Frau Nikaido zusammen zu sein, oder?

Wer ist das?

Eine Zeit lang waren Arisa und sie unzertrennlich.

Das ist das Kind von Frau Miyamae, eine frühere Nachbarin.

Sie muss jetzt in etwa in deinem Alter sein.

Ein Mädchen ...

Ist das ein Junge?

Nein ...

Wir haben Besuch ...

Ah, Schatz. Da bist du ja!

Ihr Zuhause war nicht schön. Arisa hat sich fast täglich um die Kleine gekümmert.

Dieses Mädchen... sie hat Ähnlichkeit mit der Person...

... auf dem Foto...

Kapitel 32

Vielen Dank für alles.

Alles gut.

Macht doch nichts.

... deshalb konnte er dich leider nicht begrüßen.

Nicht doch. Leider geht es meinem Mann nicht gut...

Ja.

Suchst du die kleine Miyamae?

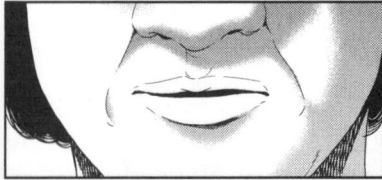
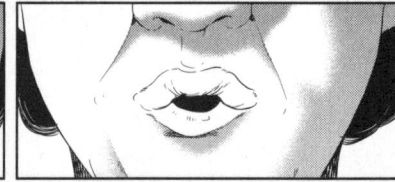

Wir denken sehr oft an Frau Nikaido...

Haben Sie vielen Dank für alles!

Bitte verzeihen Sie uns.

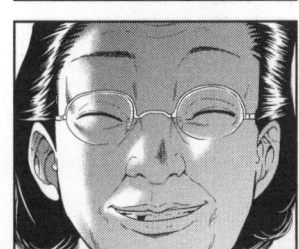

Ich bin zwar erst später auf die Schule gewechselt...

... aber ich glaube, wir alle tragen eine Mitschuld daran.

Einen schönen Abend noch.

Auch wenn ich weiß, dass das nicht viel bringt ...

... und ich damit nur mein eigenes Gewissen beruhigen wollte.

Ich wollte mich wenigstens entschuldigen.

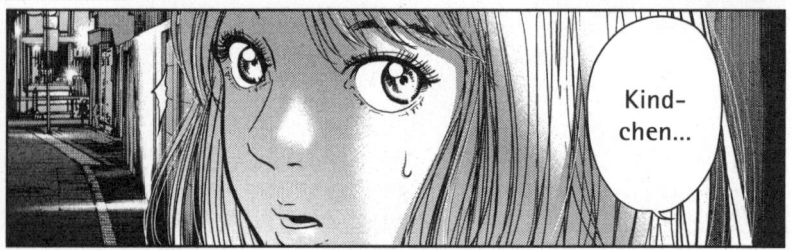

Kindchen...

!

Wie?

Weshalb hast du dich eben entschuldigt?

Gib mir meine Arisa zurück!

Gib sie mir lieber zurück!

Ich muss los!

Wenn jemand stirbt...
... trauern andere ...
Das gilt auch für den Täter.
Was soll ich bloß tun, Shuta?
Ich weiß einfach nicht mehr weiter ...
OT-net
NNT 東日本
NNT野田ビル

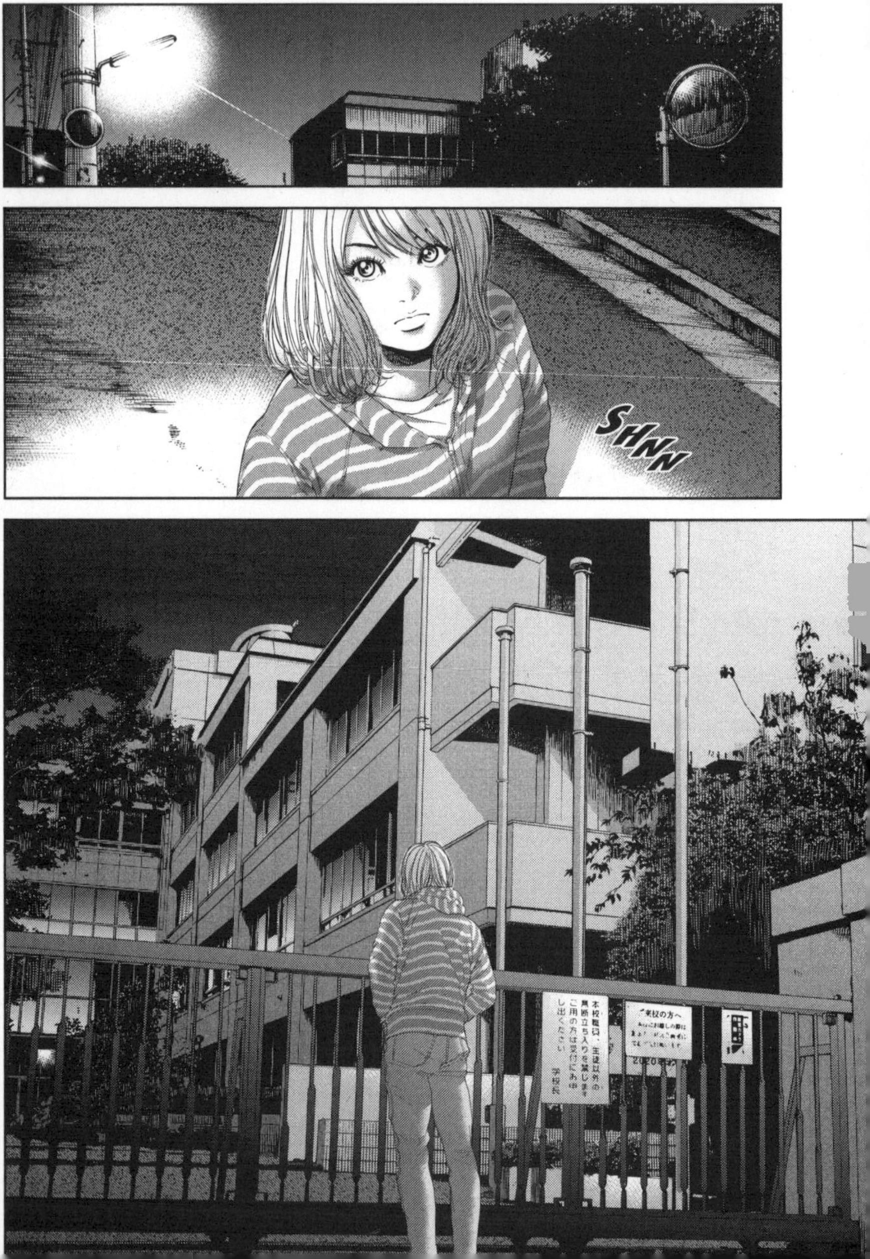

SHNN

Hereinspaziert! Fürchtet euch nicht! Hihihi...

Der Alarm ist aus und die Eingänge entriegelt.

KLACK

WUSTER WUSTER

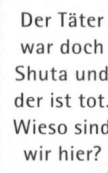

Der Täter war doch Shuta und der ist tot. Wieso sind wir hier?

Was soll das überhaupt?

Jepp.

Sind alle da?

Hey …

PA

MM

Und ihr auch! Reißt euch mal zusammen.

Öffnet endlich die Augen!

Wach endlich auf!

Mit der App will er uns spalten und uns nacheinander vernichten.

Das heißt, wahrscheinlich versteckt er oder sie sich gerade irgendwo ganz in der Nähe und beobachtet uns.

Der Täter hat gesagt, heute Abend findet das letzte Spiel statt.

Zugrunde gehen?

Alles, was dieses Arschloch will, ist, dass wir zugrunde gehen. Das ist sein einziges Ziel!

Tzz...

Lasst euch doch bitte nicht täuschen.

... du weißt längst, wer der Täter ist.

So, wie du redest, könnte man meinen ...

Wer ist es?

Raus mit der Sprache ...

BLIP

0:00
Dienstag

Hä? Wie? Was?

Leute, beruhigt euch...

Was meint der damit?

Was sollen wir machen?

Ey, Jun ...

D...Du hast recht.

Überlegen wir in aller Ruhe, wie wir gegen ihn vorgehen können.

Das will er doch. Er möchte uns völlig verunsichern.

Ich hab's jetzt verstanden...

Minato.

Du bist schuld daran, dass »The Vote« noch immer weitergeht, richtig?

Du machst für Shuta Tamamori weiter...

Dieses Mist-stück!

Du steckst hinter »The Vote«, stimmt's?!

Bist du verrückt?!

Was?!

Wir wollen dir nichts Böses.

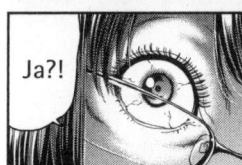

Ja?!

Was?!

Gib endlich auf, Minato.

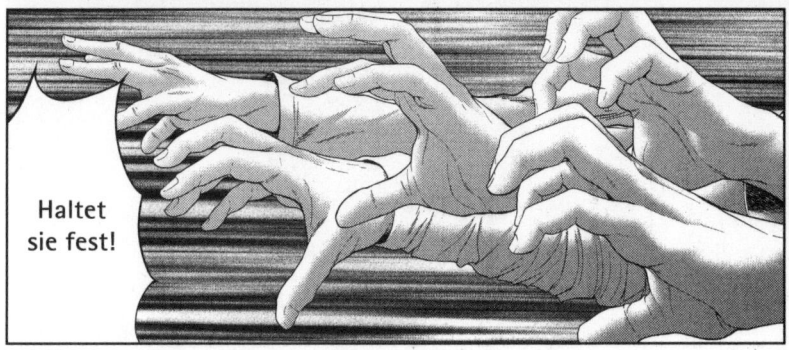

Haltet sie fest!

Lasst sie nicht entkommen!

... gefangen... Seht ihr das denn nicht?

Ihr alle seid in der tiefsten Dunkelheit...

In der tiefsten Dunkelheit...

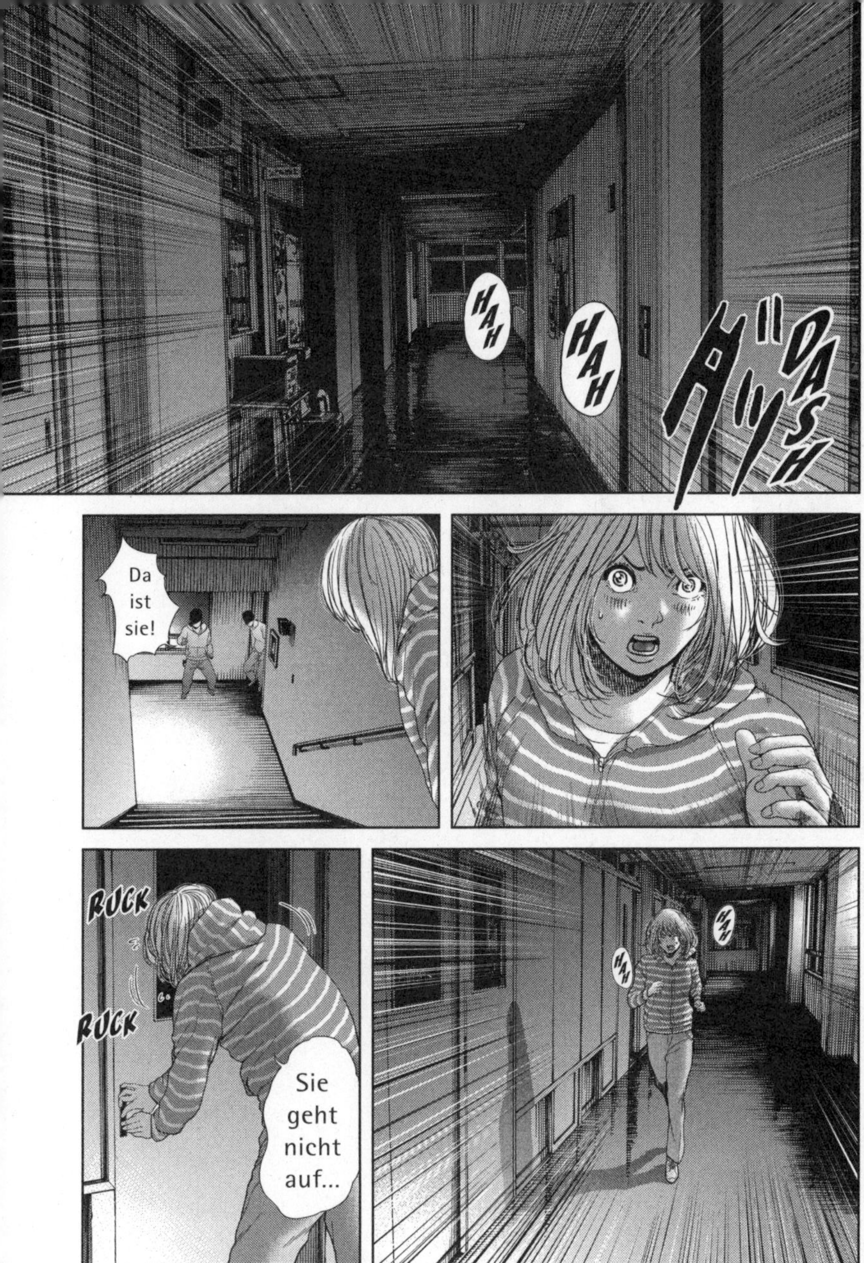

Kapitel 33

Das Schloss, ver- dammt ...

Hu-hu!

Was soll das denn?!

Minato... kannst du mich hören?

Wir wissen, dass du dich hier versteckst.

Wir wollen nur reden. Echt jetzt.

Sei vernünftig und komm raus.

...

Mina-tooo?

Restliche Zeit

02:08

Min   Sek

Hier auch ...

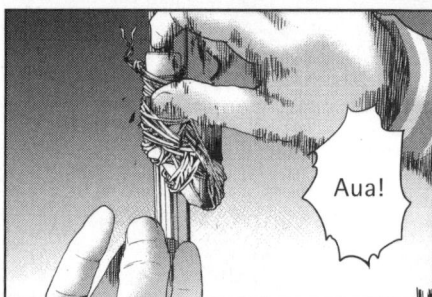

Aua!

Kh!

Kannst du uns hören, Minato?

Mina-tooo?

Keine Chance. Es lässt sich nicht öffnen.

Na, los!
Komm
raus, ver-
dammt!

Hör auf,
so 'nen Stress
zu machen,
du dumme
Schlampe!

Ich
muss
hier
weg.

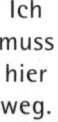
!

Minato?

Was
mache
ich
bloß?

Denk
nach!
Denk
nach!

Du bist es, oder?

Mi-nato?

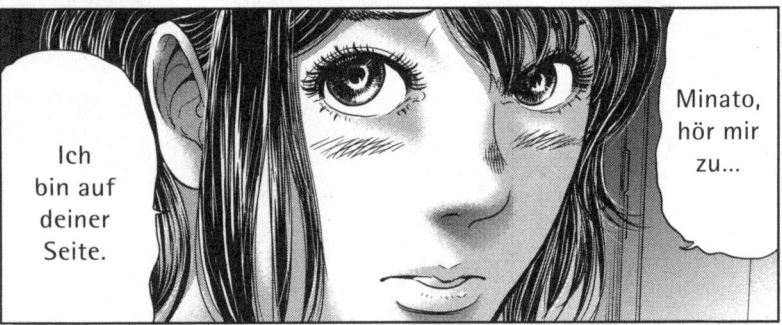

Ich bin auf deiner Seite.

Minato, hör mir zu...

Ich mach da nicht mehr mit...

Jun hat völlig den Verstand verloren.

Nori-
ka...

Die Tür
da ist
auf...

So
kannst
du ab-
hauen.

Ich
hab mir
nur die
Finger
aufgeris-
sen.

Huch?
Du blutest
ja!

Los,
mach
schnell!

Danke
...

Die
Luft ist
rein.

Kyaah!

DOSCH

Tzz!

Du kostest uns ganz schön Zeit!

!

Au!

Aaah!

Es wartet eine letzte Aufgabe auf euch!

Wenn ihr euer Opfer ausgewählt habt, bringt es auf das Dach.

Hey ...

Jetzt wartet doch...

Jun!

Hört mir zu!

GWOOOOO

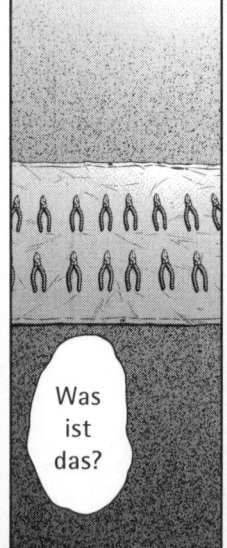

Was ist das?

Kein Mucks mehr, klar?!

!

Ugh ...

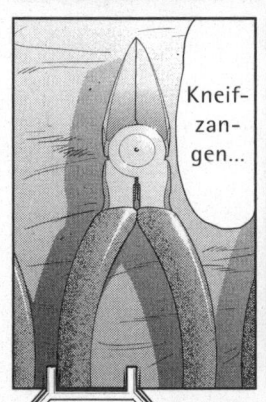

Kneif-zan-gen...

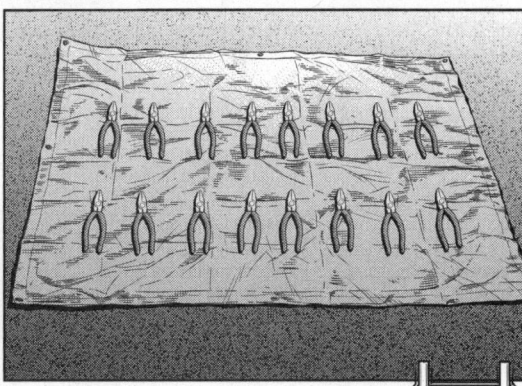

... ein Opfer zu brin-gen.

Zeit...

Ein Opfer?

Steh auf!

Du tust mir weh!

... hätte ich dir vielleicht geholfen.

Hehehe, schöne Scheiße, was?! Wärst du netter gewesen...

!

Au...

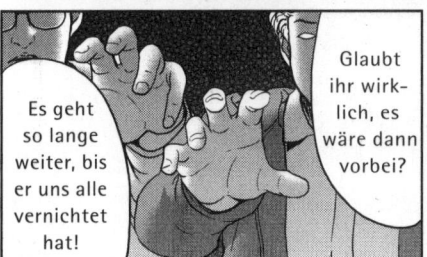

Es geht so lange weiter, bis er uns alle vernichtet hat!

Glaubt ihr wirklich, es wäre dann vorbei?

Lasst das! Was soll das?

... spielt doch keine Rolle mehr.

Ob du der Täter bist oder nicht ...

Ich bin es nicht! Ihr müsst mir glauben!

Er will genau das!

Keine Sorge!

Jun?

... Geheimnisse schützen.

Wir müssen unsere...

Genauso
wollte
sie es...

Natür-
lich...

Hört
auf!

!

PACK

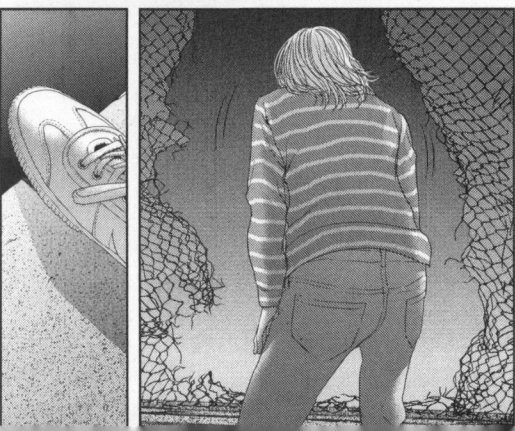

Ihr habt Tür an Tür gelebt...

... und seit deiner Kindheit warst du mit Frau Nikaido gut befreundet.

Auch als ihr getrennt worden seid und du einen neuen Namen annehmen musstest ...

... seid ihr beiden trotzdem die ganze Zeit über in Kontakt geblieben.

Und vielleicht hast du Frau Nikaido sogar noch mehr ins Herz geschlossen als deine eigenen Eltern.

Sie hat dich wie eine Schwester geliebt...

Wovon redest du da, hä?

Die Täterin muss die Menschen hassen, die ihre geliebte Frau Nikaido in den Suizid getrieben haben...

Letztlich war es ihr Selbstmord, der euch endgültig auseinanderriss.

Ist es nicht so?

Und deswegen wird »The Vote« nicht eher enden, bis nicht alle gebüßt haben.

Du hast uns die ganze Zeit über beobachtet, nicht wahr?

Wieso bist du hier? Was hat das zu bedeuten?

W... Wieso?

Du konntest es dir nicht nehmen lassen...

... dir das letzte Spiel live anzusehen, stimmt's?

00:00
Min   Sek

Hihi...
okay,
wenn's
unbe-
dingt sein
muss.

...

Lass sie
doch rein-
kommen.

Wir amü-
sieren uns
'n biss-
chen, ja?

Komm morgen gerne wieder.

Yumi ...

... die mich wie ein normaler Mensch behandelt.

Ja, gerne ...

Arisa ist die Einzige ...

Ey, sag mal...

Meine Lieben, das wird heute...

Wie die nervt, ey!

... garantiert ein suuuper Tag!

Auf MINE ist vor Kurzem was rumgegangen...

Wollen wir die Tussi 'n bisschen ärgern?

Diese Art geht mir so auf den Sack.

Hmmm...

Hat Fotos gemacht und hochgeladen.

Einer hat sie mit dem Sportlehrer gesehen...

Arisa!

Yumi! Arisa... Arisa will...

Nein!

Arisa!

W...
Wieso?!
Hä?!
Wieso?!

...

Was
bezweckst
du damit?!

Warum
tust du
das?

Ant-
worte
mir!

Hey!

Sag
was!

POLTER
POLTER

SPLATSCH!

Was
...

Aaah!

Ist das
Ben-
zin?!

Dieser
Geruch
...

Waah
...

Kyaah!

Schnell
weg!

Die
Flammen
kommen
bis hier-
her!

Arisa, ich habe mich...

... gerächt!

BLOTSCH BLOTSCH

Hilfe!

Aaaah!

Feuer!

... im Stich gelassen habe.

Das ist die Vergeltung dafür, dass ich dich damals...

BRTADA

GROOOH

... ist meine Entschuldigung.

Das ...

So einfach...

... kommst du mir nicht davon!

Mi- nato?

BROOOH

Kapitel 35

GROOOH

Es ist vorbei ...

Was denn?

...

STÜRM

Lass mich!

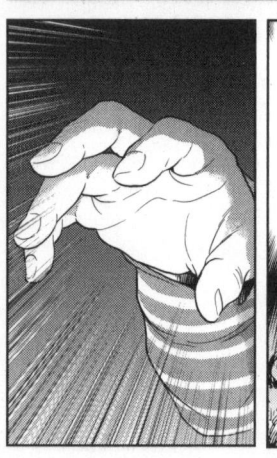

Ich komme zu dir...

Arisa...

Du bleibst hier!

Beruhig dich!

Lasst mich los!

Helft mir!

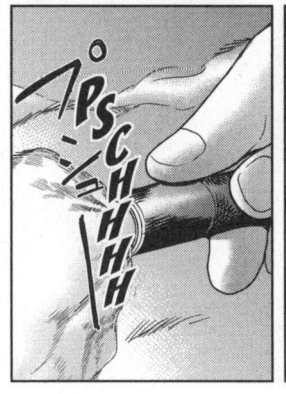

PSCHHHH

!

Dein Bein!

Minato!

Ja...

Alles okay?

PFSCHH

Gerettet
...

Die
Polizei
...

TAAA

TAAA

TÜÜÜ

TAAA

Du warst das?!

Das alles...

PFRO

TSCH

Ja!

Verreck!

Du dummes Stück Scheiße!

Ich bring dich um!

Es ist vorbei, okay?!

Hört auf!

Stell dich der Polizei. Mach schon.

Tzz.

Ich wollte die App doch zu meinem Vorteil benutzen...

Scheiße, es ist vorbei...

Na los, beweg dich!

Wo ist Yumi Mori?

Was war hier los?

...

Gott, bin ich froh.

!

Wird hochgeladen

·· 69%

Wird hochgeladen

·· 89%

Das Zeitlimit ist abgelaufen.

Hey!

Habt ihr gar nix bemerkt?

Ihr habt verloren, meine Lieben...

Ihr alle...

... werdet mit dem sozialen Tod bestraft!

Iiaaa-
aah!!

Hiiiii!

Aaah
...

HA
HAHA

Nehmt
ihr das
Handy
weg!

Gib
her!

Uwaa-
aaah!

Nee-
eein!

Yumi!

Messeratte
in Hyogo.

berricht

Oyama, Tatverdächtiger

Mit einem Küchenmesser bew

Vater-
Tochter

Mmato Imabari

Und ich stehe zu meinem Geheimnis und zu mir. Ich bin im Reinen mit mir!

Du solltest auch mit dir ins Reine kommen.

Denn... zu leben... zu leben bedeutet auch zu leiden...

Und ich denke, das ist der einzige Weg für dich, um für deine Taten zu büßen.

Ich gebe nicht so ein-fach auf! Ich lasse mich nicht unterkriegen! Niemals!

Und du solltest das auch nicht tun!

?

Was redest du da?

Alles, was sie sagt...

Phrasen! Heuchelei! Ohne Sinn und Ver-stand!

Wenn wir nur so stark gewesen wären wie du...

Doch... wenn Arisa und ich...

Feuerweh

Haha-ha!

Uff!

Ah! Hast du den schon gesehen?

Ja, hab ich.

Watcher in the Attic
2 Stunden

Massenhysterie an der Yanagisawa
1 Stunde

TIPP

...rwenden?

...Neugeborenes...

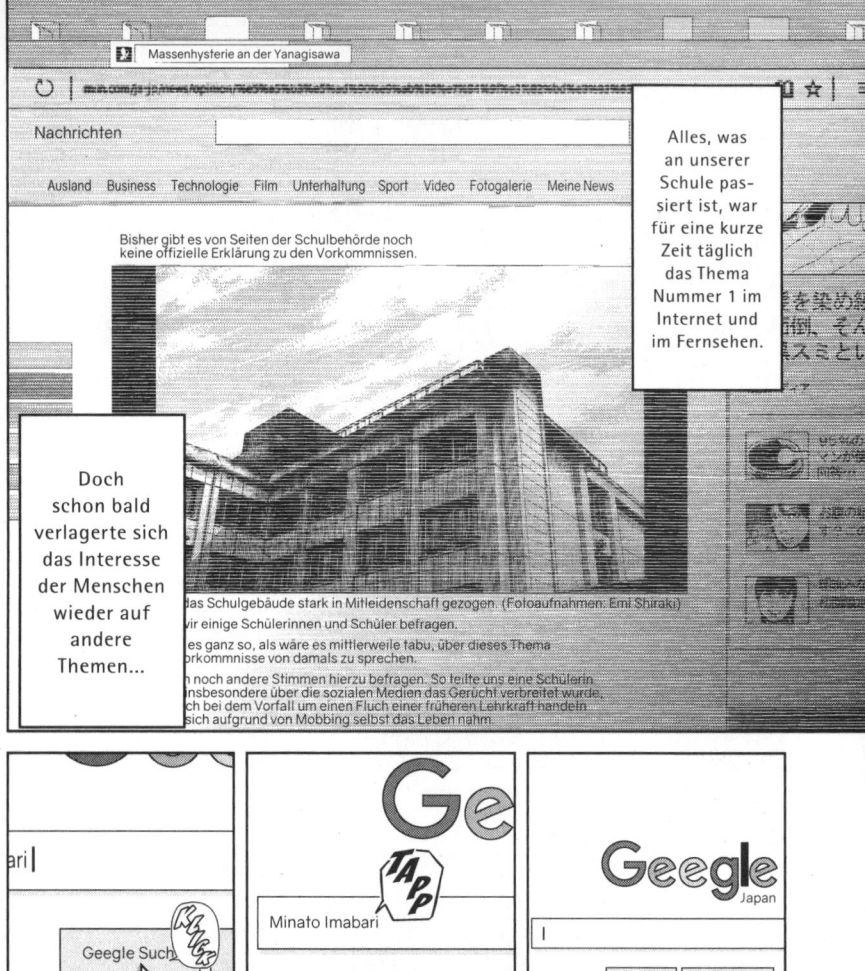

Sieben Jahre später...

Kapitel 36

Ich hab getrödelt...

Mist!

7:38 53

KLACK

SCHWUPP

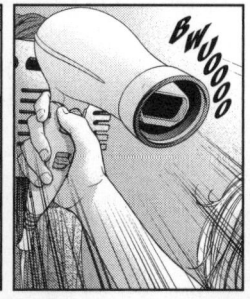

BWUOOO

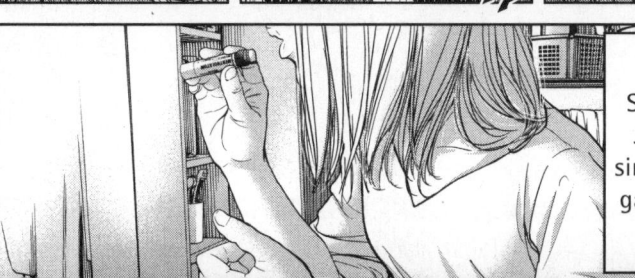

Sieben Jahre sind vergangen.

Private Oberschule Yumenodai

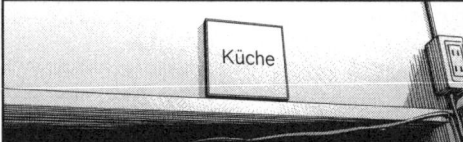

Küche

Herr Kanba trinkt ihn schwarz, Herr Nagata mit Zucker...

Brauchst du Hilfe?

Frau Seto Oolong-Tee... und dann...

Ah, danke schön.

Junko Seto,
Biologielehrerin

Konferenzraum

Entschuldigen Sie uns.

Die müssen sich alle prächtig amüsieren, oder?

Scheint heiß herzugehen...

Bei der Konferenz, meine ich.

Wir sollten die beiden besser trennen.

Masao Tabata,
Mathematiklehrer

Hira-ko und Iijima sind eindeutig zu weit gegangen.

Schön. Versetzen wir Iijima in die C.

Hideyuki Nagata,
Jahrgangsstufenleiter

Ich würde vorschlagen, dass wir Iga statt Hori in eine andere Klasse setzen.

Yuzo Sakamoto, Japanischlehrer

Packen wir Hori lieber in die A...

In der C sind bereits zu viele aus meiner Volleyballgruppe.

Masakazu Ide, Sportlehrer

Speziell über Ogawa?

Yuichi Kanba, Physiklehrer

Wie denken Sie darüber?

Den Unterricht verfolgt er jedenfalls sehr aufmerksam.

Ein kleiner Lausbub, der durchaus nett sein kann...

Yohei Ogawa meinen Sie?

Ogawa

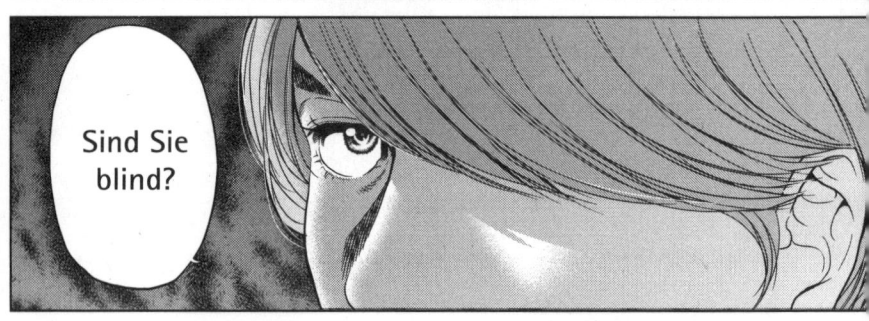

Sind Sie blind?

Neulich hat er irgendein seltenes Dingsbums erspielt. Als ich ihn danach gefragt habe, ist er völlig ausgerastet.

So?

Der Kerl spielt die ganze Zeit auf seinem Handy.

Wie bitte?

Bleiben Sie aufmerksam und gewissenhaft! Und... beobachten Sie Ihre Klasse genau.

Sobald Ihre Schützlinge merken, dass sie Sie zum Narren halten können, haben Sie schon verloren. Das nutzen diese Monster schamlos aus.

Ja.

KLATSCH

KLATSCH

KLATSCH

... alles geklärt sein.

Also schön. Somit sollte ...

Das neue Schuljahr beginnt.

Ha-ha-ha!

Wir sind zu-sammen? Wie cool!

Wow! Im Ernst?

Geht bitte in die neuen Klassen-räume!

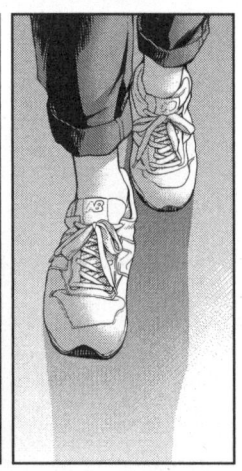

Frau Imabari!

Ah!

Yohei Ogawa, Klasse 2-C

Sorry!

Hey, nicht in diesem Ton!

Geiler Scheiß!

Da bin ich wieder!

Ah, nichts. Es ist nichts.

Was haben Sie denn?

Aber wenn er lächelt...

... ähnelt er ihm irgendwie.

Weder seine Stimme noch seine Größe noch sein Wesen... nichts...

Sie haben nichts gemeinsam.

2 - C

BLA BLA

PATSCH

Komm schon, behersch dich!

Beruhig dich! Ganz ruhig.

Freut mich, euch kennenzulernen.

Das ist meine Kollegin Frau Imabari.

Mein Name ist Herr Kanba.

WOOHOOO

KLATSCH

KLATSCH

KLATSCH

Schön, euch kennenzulernen.

Ja?

Wegen gerade...

Frau Imabari...

Gerade wir sollten mit gutem Beispiel vorangehen...

Das war doch nur, weil das neue Schuljahr begonnen hat.

Am Ende denken sie noch, sie wären etwas Besseres.

Senken Sie bitte nicht den Kopf vor denen.

...

Kaffee!

Dann hören Sie mir zu und lernen...

Sie sind erst im zweiten Jahr, nicht wahr?

Es gefällt mir nicht, wie er die Schüler behandelt, wie er die Autorität genießt...

Was hat er denn? Der Typ ist so ein Arsch!

Falls ja, kann ich Ihnen auch gern mit Rat und Tat zur Seite stehen.

Benutzten Sie MINE, Frau Imabari?

Kanba hat einen Knall.

Nehmen Sie das nicht ernst.

Hier ist eine Schülerin!

Frau Imabari!

So ein Klappding? Die gibt's noch?

Tut mir leid, aber ich benutze noch ein altes Handy...

Frau Ima-bari...

Yuko Nakamura, Klasse 2-C

Yuko, was kann ich für dich tun?

Das hier lag in meiner Schublade.

An: Frau Imabari

Schönen Feierabend.

Ich wollte gerade gehen und hab ich ihn plötzlich entdeckt...

Aha?

An: Frau Imabari

Ich mache es mal auf...

Kom-me.

Auf geht's!

Da ist irgend-etwas Hartes drin...

Was das wohl ist?

!

Überra-schung!

Seid gegrüßt! An alle, die mich noch kennen und auch an all die anderen!

GRINS

THE VOTE

Nein!

Sind die Lehrerinnen und Lehrer die neuen Opfer?!

Sieben Jahre sind mittlerweile vergangen als die App »The Vote« ein weiteres Mal in Minato Imabaris Leben tritt. Und die erste Forderung, die »The Vote« an sie und all die anderen Lehrkräfte stellt, ist schockierend: ein Schüler oder eine Schülerin soll als »Opfer« ausgewählt werden! Misstrauen und eine Atmosphäre der Angst breiten sich fortan im Lehrerzimmer aus, während »The Vote« erneut den Vorhang öffnet und in eine neue Phase der perfiden Opferspielchen eintritt.

Naoto Iijima Maki Ienaga Daisuke Iga

Arisu Kaneyama

Takumi

Ihr dürft aus all diesen Schülerinnen und Schülern...

Masanori Tsuruta

... eine oder einen auswählen, den oder die ihr loswerden wollt!

Norio Hishikawa Madoka Nomoto

Eiko Fujii Tomonori Hongo Tae Maezono Yoko Yukawa

Neues Spiel! Neues Glück!

Das ist allerdings die falsche Seite... Steht aber auch im Internet. LOL!

Ah, statt auf deinem Handy zu daddeln, möchtest du einen Manga lesen? Sehr lobenswert!

HALT!

THE VOTE

ist eine japanische Serie, die originalgetreu von »hinten« nach »vorne« und von rechts nach links gelesen wird! Schlagt das Buch also »hinten« auf und blättert Seite für Seite nach »vorne« weiter! Auch die Bilder und Sprechblasen werden von rechts oben nach links unten gelesen! Wir wünschen gute Unterhaltung!

HAYABUSA

Carlsen Verlag GmbH · Hamburg 2022

Aus dem Japanischen von Martin Gericke

Ikenie Touhyou vol. 4

©2017 Edogawa Edogawa / Ryuya Kasai

All rights reserved. First published in Japan in 2017 by Kodansha Ltd., Tokyo.
Publication rights for this German edition arranged through Kodansha Ltd.

Covergestaltung: Sonnenfisch Production – Laura Bartels

Redaktion: Germann Bergmann

Herstellung: Maria Niemann

Alle deutschen Rechte vorbehalten

ISBN:978-3-551-62086-6

VOTE THE FALCON

www.hayabusa-manga.de

www.carlsen.de

 hayabusa_manga

HayabusaTweets

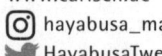
MIX
Papier aus verantwortungsvollen Quellen
FSC® C083411
www.fsc.org

Unser Versprechen für mehr Nachhaltigkeit
• Klimaneutrales Produkt
• Papiere aus nachhaltigen und kontrollierten Quellen
• Hergestellt in Europa